Alyz en New York Land

Colección
INCENDIARIO

INCENDIARY
Collection

Jesús Bottaro

ALYZ EN NEW YORK LAND

Nueva York Poetry Press®

Nueva York Poetry Press LLC
128 Madison Avenue, Oficina 2NR
New York, NY 10016, USA
Teléfono: +1(929)354-7778
nuevayork.poetrypress@gmail.com
www.nuevayorkpoetrypress.com

Alyz en New York Land
© 2022, Jesús Bottaro

ISBN-13: 978-1-958001-03-5

© Colección Incendiario vol. 1
Narrativa latinoamericana
(Homenaje a Beatriz Guido)

© Dirección y edición:
Marisa Russo

© Comentarios de contraportada:
Alex Lima

© Diseño de interiores:
Daniela Andrade

© Diseño de forros:
William Velásquez Vásquez

© Fotografías de portada:
Adobe Stock License

© Fotografía del autor:
Archivo personal del autor

Bottaro, Jesús
Alyz en New York Land / Jesús Bottaro; 1ª ed. New York: Nueva York Poetry Pressl, 2022. 126pp. 13.97 X 21.59.

1. Narrativa venezolana 2. Narrativa latinoamericana.

A mis hijos:
Paula Andrea
Andrés Salvador
y Natalie Camille

Agradecimientos

Ante todo, a Marisa Russo por su forjado riesgo comprometido en aventuras inéditas. A mis personajes por su misterio, paciencia y amplia claridad. A los amigos, increíblemente amables y generosos, que leyeron el manuscrito en ciernes. Ellos me acompañan en este viaje insondable. Gracias

En una fila de espera, en la frontera de los Estados Unidos con México, al oficial estadounidense de inmigración le llama la atención Antonia, una rubia muy alta de ojos azules con cierto aspecto nórdico y llamándola aparte le dice:

Guardia.- Oiga Señorita.
Antonia.- ¿Yo?
Guardia.- Sí, usted. Dígame una cosa. ¿Usted es latina?
Antonia.- No señor. ¡Yo soy La Toña!

Popular Chicano

Vestíos... vestíos... disfrazaos

ENRIQUE IV
SHAKESPEARE

I

Años apenas de los setenta

Era el camino largo y no exento de peligros; y
cuando creyeron llegar al termino de su viaje,
el aspecto del país tornábase agreste, tétrico y salvaje.

LOS VIAJEROS
DE UN ROMANCE

Mi amiga se llama Alyz con y griega y
zeta   su segundo nombre es Alice   fíjate
bien   la historia de Alyz es muy-muy
interesante   porque...

estamos   hablando   de   una   mexicana
mestiza

bien estilo indio   tipo zapoteca como tú
dices

de cara gordita de media luna y no de luna
llena

porque tiene la cara como una tortilla de
maíz morado   redondita   rellena y
tostada   una mujer que llega a este país
en los años apenas de los setenta   más o
menos   entonces cuando ella llega a esta

19

ciudad   vino bien dogmática   bien
religiosa   porque ella predicaba en su país
era misionera evangélica ¿no?   y antes era
estudiante de leyes   se quemaba las
pestañas en la Autónoma de México   acá
viene a raíz de la muerte de su madre   que
ella adoraba   quería mucho a su madre
se murió de enfermedad   todavía joven
pero las penas y el dolor   yo vi las fotos
muy blanca y hermosa   un poco pálida   el
papá se veía como Alyz   moreno   bastante
oscuro   el padre siempre estuvo ahí
pero luego no se llevaba bien con él   porque
su padre era un predicador   pero que a la
misma vez tenía un *double standard*

    porque tenía mujeres por el lado   y bebía
mezcal

      eso hizo sufrir mucho a su madre   y
todas estas cosas la sabía ella   los gritos   las
necesidades   y las insatisfacciones   todo
se suma y explota   entonces   para
mejorar la vida   la madre muere

      como la gota de agua para el vaso lleno
después que la madre fallece   viene a este
país   tú sabes

por razones económicas   como todo el mundo...

en una ocasión estuvo en Texas   pero regresó a Nueva York...

ella no se graduó en la Autónoma de México...   no logró el título   lo único que le faltaba era la tesis   para obtener el grado de leyes

licenciada en derecho   a sus amigos les parece raro que nada más faltándole la tesis se venga

pero de todas formas eso es cierto porque yo lo corroboré   una vez en mi empeño   por tratar de ayudarla   para que ella terminara su carrera académica llamé a México   y hablé con una compañera de estudios de ella para   conseguirle unos papeles   porque tenía que coger unos exámenes libres   son pruebas especiales para estos casos   tú estudias y te gradúas en derecho constitucional con estas pruebas libres

entonces ella iba ir allá y escribir los exámenes ¿no?   en eso viene esta mujer acá   y cuando viene   ya era de la asamblea

de Dios pentecostés   viene con unas
recomendaciones y todo   esto a
principios de los setenta...

    era   propiamente   militante   religiosa-
religiosa   pre-di-ca-dora   estamos
hablando de una misionera   estamos
hablando de una mujer evangelista...
        en aquel tiempo   estaría en los
veintitantos   pero aparenta mucho más
por el sobrepeso   Alyz es bajita   gordita-
rechoncha   más o menos de tu color
tipo india pura ella...   pelo negro   liso....
así   muerto   hacia un lado
          entonces   el primo mío   que era
que todavía es   superintendente de las
asambleas de Dios   gestiona   hace
diligencias   viene con una recomendación
de las asambleas de Dios de México   para
ver si se le abrían las puertas aquí   para
predicar   ser predicadora en las iglesias y
todo esto... como empleo...   porque tú
lo haces como trabajo   sucede que tú
predicas y te pagan   te dan una ofrenda
y de éso   tú vives...

pero debo retroceder en la historia
olvidé algo muy importante   el padre se
enfureció cuando supo que Alyz se iba
pasó toda la noche desvelado   borracho
insultándola   que si tú eres una perra puta
negra morcilla   hija de la chingada   tú
sabes   como se llaman en México para
decirse cosas fuertes   ofenderse   le
gritó que no era su padre   que sentía
lástima y otras cosas feas   y claro   esto
aceleró su viaje   pero eso sí   nunca le
pegó   no le puso ni un dedo encima como
castigo   y ella aguantando el chaparrón
mucha violencia y agresión verbal

antes de venir   estuvo averiguando con
la familia   aquí y allá   pero no supo nada
más bien se confundía más   al final
comprendió cosas que antes la atormentaban
cuando el papá iba de noche a su cuarto   a
los doce o trece años

mientras su mamá hacía la vigilia de
penitencia en la parroquia   "sentí odio de
muerte"   me llegó a confesar   sólo yo lo
sé   y ahora tú...   quizás también por eso

vino... tanto rencor acumulado... tú sabes
la gente a veces tiene que huir... perderse...

No es inteligente odiarse a sí mismo, pero lo hago de todos modos. Al despertarme es mi primera sensación. Filadelfia es hermosa y muy interesante, pero lo único que está conmigo es todo lo que pasó con el culto. Amo a mi hijo como cualquier otra madre amaría a su hijo. Así lo imagino. Si pudiera regresar en el tiempo cambiaría tantas cosas. Dejaría de hacer un montón de no sé qué. Mis acciones serían muy diferentes. Pero no puedo regresar. Debo seguir adelante y cambiar en el presente lo que puedo cambiar. Detener mi mirada en la reflexión, en mí y en Jorge, sobre todo en Jorge. Romper barreras. Creía en el culto, creía en las disposiciones del culto, lo que hacían, decían, pedían y ordenaban. Pensé que le darían seguridad a Jorge. Fue algo necio, fue estúpido, algo maldito en mi mente. No supe cuando detenerme. Nos engañaron a todos. Nos dejamos engañar. No sabía lo que pasaba. Yo confié en el culto. Confié en lo que decían, lo que harían y que protegerían a Jorge y lo educarían para hacerlo fuerte. Yo no sabía cómo. Lo abusaron, lo entrenaron sin yo saberlo. Ahora hago lo mejor que puedo. Pero tal vez no es suficiente. Estuve un tiempo en el hospital y eso me ayudó un poco creo. En el hospital tenía unas sesiones que me ayudaban, eran raras pero me ayudaban, me serenaban la cabeza. Salían las otras mujeres que tengo adentro, unas mujeres que se esconden detrás de las costillas pero que a veces contestan y piensan por mí. Sin embargo, no quiero ir de nuevo a los sentimientos de lo que pasaba con los perros. Mi madre fue cómplice de todo el horror. La detesto. No es odio, sólo la rechazo muy adentro. No pensé que te fuera a contar todos estos detalles. Pero por qué no, ¿verdad? Mi madre se reía cuando estuve en el hospital, no sé por qué tiene esa maldad tan profunda en ella. Creo que le gustaba verme indefensa, herida. Sin embargo, hay partes dentro de mí que saben cómo relacionarse con ella. En las sesiones del hospital los médicos algunas veces presionaban algo en mí y comenzaban a hablar con las otras mujeres. Me tenían contra la pared, a mí y a ellas. Me decían un montón de palabras, una y otra vez, sin cansancio. Indicaban que si no seguía con sus requisitos no podría ver nunca más a Jorge. Ella se creía superior a todos. Tiene sentimientos de grandeza. Todavía se cree mejor. Y yo sólo quería lo mejor para Jorge. Sé que merezco lo que me pasa, el desprecio de mi misma, el odio de la gente y eso me tranquiliza. Fui cómplice de sus torturas y eso me hace criminal. Permaneceré así el resto de la existencia. Jorge sólo tiene doce añitos, es pequeño y me necesita. En unas ocasiones soy fuerte, como una reina, tengo la mente con dominio, hablo con determinación, otras veces soy como una mendiga, no me gusta y lo rechazo. Estoy confundida y me desorganizo. Prefiero a la otra que no tiene olvidos ni amnesias de días. En el hospital se cansaban de mí. Querían que les revelara todos los secretos del culto para poder ayudar a Jorge. En el culto me llamaban la reina. Siempre estaba en control, en comando de mí misma y de la situación. Lo que cuento está más allá de mí, me trasciende. Creía que el culto sabía de mis pasos desde la mañana hasta el anochecer. Nunca hacía esperar al culto, pedían a Roxana y ahí yo les ofrecía a Roxana, en control y segura. Ella es cruel, de malas acciones y desconfía del resto del mundo. No querrás conocerla, sin embargo a veces viene por sí sola. Mi madre sabía todo lo que hacían y sin embargo me enviaba semana tras semana al culto. A veces deseo que se hubiera muerto.

Querida Asunción

Sé paciente conmigo y perdona de antemano mis impertinencias. Si eres testigo de mi confesión fue la circunstancia que quizás así lo quiso. No tendría la fuerza ni la confianza para decírsela a nadie más. A veces he estado tentada de asistir a las misas del padre Pascual y luego confesar lo que me asfixia para ver si de esta manera se va este peso de alma, esta fatiga que me atormenta sin descanso y no me deja respirar. Creo que tú sabrás entender ¿verdad que vas a ser comprensiva y no me juzgaras, Asunción?

No podría decir con precisión cuándo ni cómo comenzó aquello. La memoria me traiciona como la mejor amiga cumpliendo su deber. Sólo recuerdo algunas situaciones repitiéndose en cada ocasión. Mamá en la parroquia, como de costumbre, para la vigilia de la semana hasta el amanecer, la cena durmiendo en el horno, la entrada de Papá tomado pero firme. . . No sé quien inició lo que después no pude detener. Entraba en su habitación, no decía nada, ni un suspiro, las ventanas cerradas y las cortinas oscureciendo todo, la respiración fuerte pero silenciosa un sudor tibio y como un vapor en el aire me daba alguna conciencia rara de lo que hacíamos. No sé si alguna vez me llamó para cualquier cosa o yo inicié la entrada en ese otro mundo de miedos y palpitaciones. El corazón estaba siempre por explotarme. En cada vigilia acudía a mi cita y llegué a esperarla con la misma ansiedad con que esperaba los servicios de los domingos y mis confesiones al señor durante los días del retiro para la homilía. Una y otra vez se repetían las circunstancias, las ocasiones. Sintiendo cada minuto, en los huesos, las amarguras y silencios de mamá. No tienes porque responderme. ¡Sólo te pido que me escuches!

No me tomes a mal, pero por los momentos no importa si no me contestas. No escribas todavía, espera mi próxima carta. Sé que guardarás todo lo que te confieso con mucho celo.

Te quiere Alyz

Recordada Socorro

Asunción cuenta que es muy fácil pasar, que nos vayamos. Emilia también lo dice. Que no hay que perder tiempo, que a lo mejor la cosa se pone más difícil después, que hay que arrancarse luego-luego. Que todo consiste en una mojada y ya estás del otro lado. Juliana trae de allá montones de cosas para su bodega y siempre va y viene mojada. Pero no sé, da miedo. Mucho miedo y terror. Y si fuera cierto lo que cuentan; lo que le pasó a la güera del solar, la hija de Don Filiberto. Dicen que se fue, no le alcanzó el dinero, la robaron y violaron de noche, en pleno camino. La golpearon y por poco no lo cuenta. Don Nemesio, el coyote, acepta prendas de oro a cambio del viaje. Asunción dice que algo tengo de desesperación cuando hablo, que me lo vio en los ojos el deseo de largarme y sólo iba a esperar mi respuesta para hacer su maleta. En un salto vendría al DF y nos iríamos.

Tú, que acabas de hacer el viaje, cuéntame, dime cómo es la cosa, qué debo hacer. Estoy confundida y necesito ayuda. La iglesia conoce gente allá y parece que podría darme algunos nombres que podrían darme una mano al comienzo. ¿Qué piensas? No me ocultes nada y sé sincera, que para eso somos amigas y hermanas. Que el Señor te acompañe y bendiga.

Alyz

Creo que el culto está en pleno funcionamiento y Adelaida es parte del reinicio del culto. Quien te habla no es Adelaida, es Brenda, no te vayas a confundir con las personas que te hablan, aunque a veces se mezclen, tienes que estar atento, yo no puedo aclarar nada, no me sirve aclarar nada. Aquí estoy segura. No siento peligros que me amenacen. En el hospital me enseñaron las tres reglas básicas cuando tenía que hablar. Reglas muy simples. No podía atentar contra mí misma. No podía agredir al doctor. Y no debía armar escándalos o desarreglar los muebles de la oficina. Eso era fijo. Si no seguía las reglas no había nada. No estamos en el hospital, pero no te preocupes que no pasará nada. Yo controlo. Cuando decimos algunas verdades, aunque parezca mentira, somos castigados de muchas formas. En mi caso me castigo sola, con dolores de cuello y de cabeza que torturan el cerebelo por días y noches enteras. La que oye lo que digo dentro de mí me ordena los dolores de cabeza. No sólo oyen sino que ven y observan también. Algunas veces tienen mucha información pero no desean hablar. Se quedan mudas. Si hablan todo el mundo se entera. Adentro y afuera. El miedo las detiene, ese es un factor que paraliza, el miedo. No confían en cualquiera. Me gusta la seguridad y casi siempre confían en mí. Aunque en este momento están un poco disgustadas. Sienten que las traicionan a cada paso. Siempre me buscan pero no siempre me encuentran. Fue un tanto esquiva, me dejó sola sin decir ni una palabra. No dijo dónde iría. Y no la he podido encontrar. Si la encuentro no la soltaría a preguntas. Ella es importante porque puede hacer cosas por mí y por Jorge. ¿Me entiendes? Ella nos puede ayudar con el marido de Brenda, puede hacerlo dormir profundamente y no se enterará si ella está o no está ahí. Yo simplemente hago lo que el culto quiere que yo haga, ese es mi trabajo. La última vez que estuve en el culto fue antes de las navidades. Un lugar apartado, tranquilo y lindo, con muchos árboles. Si no voy me rebuscan y sonsacan. Siempre se preguntan dónde estoy. Quizás me están buscando porque no fui a la última convocatoria. No han avisado de la próxima. A veces hablo con los dedos. Les converso a mis dedos mientras cierro los ojos para concentrarme. Me da miedo hablar de todo esto. La conversación con los dedos puede ser profunda, muy profunda, tanto que puede llegar al subconsciente. Puedo regresar al culto cuando quiera y nadie lo puede impedir. Ahora te habla Andrea. Ella esta como en un cuarto nivel. Dentro hay cuatro niveles. Andrea está en el culto desde los doce años. Antes de eso, mi padrastro me abusaba. El también estaba en el culto. Mi padre comenzó a ir al culto como dos años antes de ella cumplir los doce. Nadie sabía de su ingreso. El está muy conectado con el culto. Era un secreto. El problema es que a veces voy a seguir la corriente de una de las voces y simplemente no seré sincera. Simplemente seguiré la corriente. Y me siento triste por todas ellas. Tengo dos hijas, una de dieciséis y otra de trece. Quisiera desparecer. Tener otra identidad y otro rostro para que mi marido no nos encontrara. Diana comenzó a existir cuando Brenda cumplió los quince años. Diana está a cargo de llevar a los niños a las ceremonias del culto. No me preocupa mi situación sino la de Carola y Diana que en algunos momentos han estado aquí con nosotros. Mis hijas necesitan ayuda. Es muy difícil escapar del culto, son poderosos y parecen estar en todas partes. Creo que necesito que Catalina esté aquí de un momento a otro. Ella también está en un tercer nivel.

II

CON LOS NEGROS

Conozco poco estos sitios,
muy peligrosos para el extranjero que,
sin guía, se aventura a cruzarlos.

LA FIESTA DE LOS REYES
ANÓNIMO

¿Quién es ese fantasma o demonio
que me sigue a todas partes,
como la sombra al cuerpo?

BEN JOHNSON

Sí   ya estaba ilegal exactamente sin trabajo fijo asustada y nerviosa llega al país ¿verdad? y mi primo me llama que vea las cartas de recomendación me consulta a ver si yo la oriento de alguna forma   entonces es allí cuando ella me llama y un domingo fui a conocerla   un domingo lluvioso de invierno a eso de las tres   hablamos y que sé yo   haber si se le habrían las puertas y aparentemente ¡pues no!   no fue tan fácil

41

conseguirle predicación porque aquí la gente
es un poca temerosa a dejar los púlpitos

      entre comillas   finalmente viene a
Brooklyn   vive aquí y allá y qué sé yo hasta
que por fin se establece   pero sigue
nunca ha trabajado en este país solamente ha
vivido de las ofrendas que le han dado
que recibía en aquel tiempo   y más luego
en...   porque sí consiguió alguito
predicando   la iglesia sí la ayudó en parte

      después se instala en el Bronx en el *oper
Bronxs* y se relaciona   no se establece como
predicadora   sólo residencia y ahí en el *oper
Bronxs* se relaciona mucho con la iglesia
italiana...
en mis conversaciones con ella siempre ha
tenido una serie de prejuicios raciales con los
negros porque ella cree que no debería
o sea   que está confundida   es racista en sus
posiciones ella no cree que debe mezclarse
con un negro porque va a ser discriminada en
este país a todo esto...

      fíjate tú   tipo mexicana exactamente
india   inclusive   esto es saltando el tiempo
ella siempre ha expresado todo muy

verbalmente... Alyz es muy brillante muy verbal   pero diríamos pues tiene sus prejuicios y los verbaliza una de las cuestiones que ella no quiso   una de las cosas que Alyz pasó   que no tuvo mucho éxito   es que la iglesia en aquel tiempo la iglesia pentecostal de aquí era más dogmática a todo esto Alyz viene de una iglesia donde se le permitía cortar el cabello se le permitía usar prendas maquillarse   tú sabes pues entonces ese tipo de cosas choca con la iglesia de aquí pentecostal de aquí   que es mucho más dogmática   entonces no la aceptaban inclusive hasta en algunos púlpitos no le dieron lo que buscaba   la gente piensa...
en vez de ser todo lo contrario   de ser más liberales que en México...

pues no   en México son más liberales en ese tipo de iglesia   como te digo
viene acá y empieza a luchar   así sola a tratar de sobrevivir aquí y allá entonces en una ocasión en aquel tiempo era fácil obtener la *grin car* y mediante un amigo mío y yo se la conseguimos   da la casualidad que dos negros le consiguen la *grin car* interesante ¿no?

entonces ahora fíjate ella es prejuiciosa con los negros americanos y aquí decide comenzar a mezclarse con la iglesia italiana porque son blancos hasta que un día me confiesa que está buscando un hombre que ella quiere un hombre blanco porque el hombre blanco dice es como una especie de *ticket* para esta sociedad o sea que tenemos una inmigrante que viene con un montón de prejuicios en primer lugar cuando Alyz se criaba le decían la negra así que viene con ese problema más viene con la idea fija que tiene las piernas flacas la cara redonda de india piel oscura tostada pelo lacio muerto y quién sabe qué más entonces la cuestión es que se dedica a toda hora

insistentemente y decía oraba así a Dios porque Dios contesta la fe de ella es una mujer de mucha fe supuestamente y toda ella con su asunto insiste a Dios que quiere un marido blanco porque se siente sola porque ella en la vida en esta ciudad la va absorbiendo la gente la va deteriorando así sentía... conoce a un hombre cristiano es la primera vez para ella y quiere enamorarse sentir pasión   pero tú sabes como es eso a medida que va pasando el tiempo la soledad va llegando   teme a la vejez y se da cuenta que no está realizada   como mujer

porque viene con toda esa ideología de México que la mujer si no tiene hijos no se realiza   la   soledad...   pasaba   los   días pensando... hasta que tomó una decisión...

Querida Socorro

Por fin llegué. Murió mamá, ya no hubo nada que detuviera mi viaje y me vine. Creo que fue lo mejor, a pesar del viaje. No puedo decir que no me lo advertiste, pero los días de camino a través del desierto son más duros de lo que pensaba.

El Coyote no podía esperar por nadie. Asunción se retrasó y no pudo venir conmigo. La policía la detuvo para interrogarla sobre el accidente de papá. La gente del barrio comenzó a decir que eran amantes y que algo tenía que aclarar en las circunstancias del accidente aún cuando todos sabían que papá acostumbraba a manejar cuando estaba tomado. Espero que todo se aclare pronto y Asunción pueda venir y reunirse conmigo. Ella me ha ayudado demasiado en la vida, le debo muchos favores y la siento y quiero como una hermana de verdad, ahora más que nunca.

Te escribo pronto.

Te abraza Alyz.

III

PERO QUE NO SE ENAMORAN

El porvenir va siempre precedido por su sombra

CAMPBELL

¡Necesidad, ayúdanos a vencer esta situación!

ANÓNIMO

       por la cosa religiosa   tú sabes
por el sentimiento de culpa   sin tener
relaciones
     que entonces pues estaría así faltando a
Dios   otra vez   y no podría predicar
no tendría el ánimo espiritual de treparse en
un   púlpito   porque entonces
supuestamente   y es lo contrario de lo que
yo aprendí en mi clase de homilética   o
sea   la predicación es un don de Dios
es una gracia del Señor   ¡y todo lo hace
Dios!   y ella viene con la ideología que

yo también me crié   de que para subirte
a un púlpito   tienes que estar bien santo
y eso es un error   porque Dios usa
instrumento con lo que tiene   como todos
somos pecadores   ¿entiendes?   no sé
si me puedes entender esto   pero
     la teología ésta

          la teología ortodoxa dice que si no
estás bien   no puedes nada   necesitas
mucha pureza y golpes de pecho   entonces
con todo este tipo de cosas   ella luchando
pero aún pensando   ¡Dios porque tú me
perdonas   porque yo sé que tú eres
misericordioso y amor   y conoces mi
necesidad y sabes que estoy sola   y ves
que quiero un marido   y quiero un hijo
parido!   aquí   da la casualidad que se
enamora de este hombre   que es blanco
que es italiano   pero que es *ca-sa-do*   okey
y entonces ella manipula   porque quiere
tener un hijo   si no se casa   ¡pues tiene un
hijo!   y así mitiga su soledad   tiene a
alguien y además   que entonces   allí es
cuando empieza   tú sabes   a ponerse
un   poquito   más   flexible...   transige

consiente muchas cosas   sin pensarlo
transa por el hombre éste que le gusta   el
italiano blanco   sí

    la soledad pudo más   el dolor y la
soledad pudo más   entonces ¿qué es lo
que pasa?   ella coge   y este hombre
tenía una mueblería   y entonces trata de
seducirlo   para que la   tú sabes   ocurre
que ella   se le metía al negocio   contaba
los días que tenía la ovulación   entonces
iba a la factoría ésta   y provocaba al hombre
tenían sexo en la factoría   todo-todo esto
me contaba

    yo lo sé   porque somos confidentes
y   sucede   que   sigue   insistiendo   así
insistiendo asao   con ese hombre   y esto
y lo otro   y yo entonces

    como ella era en esos asuntos muy ingenua
sana y no sabía   yo le decía   pues para
seducir a un hombre   tienes que hacer
esto   tienes que hacer esto otro   agárrale
aquí   agárrale allá   ponte así   ponte asao
yo le daba el *couching*   y ella siempre dispuesta
y lista para lo que fuera   porque lo que
quería era un hijo   pero da la casualidad

increíblemente   que estos hombres la humillaban

lo que querían obviamente   era chingársela   y claro   esa relación no funcionó   y se fue más o menos alejando y al tipo parece que le dio sentido de culpabilidad   porque era de la iglesia   y la esposa estaba enferma   y que sé yo   pero en eso conoce a otro tipo   italiano también que era de lo más sinvergüenza   la humillaba igual   más todo lo que puedas imaginar también era de la iglesia

tenía frenillo   por supuesto era blanco... y fue peor que el anterior   le gritaba y la humillaba

la trataba como sirvienta   tú sabes por sus gestos   por la forma en que la trataba   dándole mensajes   de doble sentido y obviamente tú te dabas cuenta que el tipo lo que andaba buscando era otra mujer blanca entiendes   igual que él   una mujer italiana yo siempre le decía   Alyz   mira

ese hombre no es para ti   a todo esto el italiano tenía problemas con el habla   o sea que tenía un montón de complejos   y además   el hombre según la historia   que después descubrimos   el tipo había estado casado una vez   le daba a la mujer   la sonaba duro   además que escolásticamente   su educación era bien baja y Alyz

estamos   hablando   de   una   mujer sumamente brillante y con cierta cultura a ella le falta mucha información   pero Alyz es muy inteligente   o sea

para entrar a una escuela de leyes   a la Autónoma de México   tú sabes como es lo difícil que es llegar a esa universidad ¿entonces qué pasa?   que esta mujer sigue la cosa y sigue

continua la humillación   diciéndole cosas en cuanto a los latinos esto y los hispanos aquello   y ella pues quería todavía tú sabes   tratando de lograr y haber si se enamoraba   y seguía la lucha   iba a la iglesia de gente blanca   nadie la miraba por supuesto... una cruzada...

por que aún entre los religiosos existe eso pues además uno busca la gente de uno   y entonces después va a esto   buscando

gente blanca   inclusive le gustó una iglesia
aquí   en Brooklyn *tabernacul*   pero ella
tenía miedo   su irracionalidad
llegó a tal punto   que iba a ciertos servicios
me decía pues me gusta ir al servicio

            pero no quiero porque ahí hay
mucho negro   qué pena que en esa iglesia
haya tanto negro   me decía a mí
entonces   pues nos poníamos a discutir y
en las discusiones salía esto   ¡tú no sabes lo
que es dormir en el suelo!   ¡o-ja-la México
fuera un estado de lo Estados Unidos!
¡tú eres el esbirro más grande que ha parido
México!   ¡tú eres la vergüenza de tu patria!
parece mentira que tú fuiste a una escuela de
leyes   le decía en mis discusiones con ella
una   vez   discutíamos   acaloradamente
que le tiraba el teléfono   porque me daba
mucho coraje   indignación   y a todo esto
después comprendí   una mujer con una
estima bien poca bien baja   con un montón
de complejos   ¿entiendes?   la soledad
sigue   continúan las historias de los
hombres   estos   que   supuestamente   se
enamoran   pero que no se enamoran ...

Me acusan de ocultamiento. Que no me muestro. Estoy siempre detrás de algo como asomada, pero sin estar presente. Vigilando desde la esquina. Que esto es involuntario en mí. Las migrañas fueron el primer síntoma que algo profundo y amenazante estaba a punto de pasar. Me mantuvieron sin decirme ni una sola palabra por una semana. Era un comité de hombres y mujeres. Decían que querían hacer un buen trabajo conmigo. Sin apresurarse ni tardanzas innecesarias. Un día yo iba conduciendo, pero Diana quería tomar el control del volante y llevarme a casa con seguridad. Era Diana que según los médicos pertenecía al tercer nivel. Me dicen que hay muchas cosas que puedo hacer para ayudar. Lo que oigo son rumores. Nada claro. El culto no cree que las mujeres sean algo muy importante. Nada importante. Odian a los extranjeros, además. Las mujeres en el culto se creen hombres y actúan como hombres. Las mujeres creen que así tienen poder. Son engañadas al final. Nunca van a sacar nada. No van a ganar nada. No van a obtener ningún estatus. Puras mentiras y engaños. Y hay muchas mujeres, montones que asisten. Pero nunca tendrán el poder porque son mujeres. Incluso se hacen llamar con nombres masculinos. En las terapias me dicen que las otras dentro de mí tienen que escuchar y prestar atención a lo que les digo a los médicos. El único poder que podrían tener las mujeres es dejar el culto, si pueden. Eso es lo que yo quiero y deseo. Vaya profundo Alyz, bien adentro y dígales a todas cómo usted se siente, lo que piensa, expréseles sus emociones. Eso me pedían. Que ellos me ayudarían a regresar de ese viaje hacia mí misma. Estarían junto a mí todo el tiempo. Saben que tengo miedo de ir muy adentro. El camino es difícil. A mi llegada yo sabría qué hacer. Debía ofrecer apoyo a todas de una manera nueva y segura. Ellas necesitan a veces una mano firme para poder sanar y estar en la realidad de la vida. Los doctores son de carne y hueso. No están dentro de mí. Me pueden ayudar. Pueden ayudar a todas las demás. Tenemos que confiar en la terapia del hospital. Decir la verdad en todo momento, sin importar lo que sea. Nadie debe desordenar la oficina de la terapia ni tirar ningún objeto, nada de destrucciones. Debo dejar las pinturas en su sitio y los osos de peluche en sus sillas. Cero de mal temperamento. Con el tiempo nos reiremos de toda esta situación. No es fácil para mí. Nunca me han gustado los animales artificiales. En ocasiones ha sido como un muro fortificado de ladrillos. Algunos ladrillos siempre se pueden quebrar, romper y ver qué hay del otro lado. Abrir un agujero y escapar. Huir de los cultos es posible. Es duro, durísimo. Podría ser como una rara tortura. Sin embargo, hay mucho que ganar.

Socorro, querida hermana

A veces me encuentro escribiéndote notas que no envío. Es como un vicio o quizás es la soledad. No lo sé. Aún cuando no me puedo quejar. He tenido más suerte que muchas otras en la vida.

Por medio de la iglesia he conocido a algunas personas y he comenzado una amistad con Héctor. El conoce a mucha gente de la congregación y también recibió las cartas que el pastor Antonio me dio. ¿Te acuerdas del pastor Antonio? El viejito pastor de pelo rojo allá en la colonia Esperanza. El hermano Héctor también lo conoció y ahora quiere ayudarme.

Héctor insiste en que debo ir a un púlpito y aprovechar el entrenamiento y mi poder de fe en la predicación. Pero aquí, sin trabajo, sintiéndome abandonada y sola, no me atrevo a confesar que ya no quiero eso en la vida. Tú sabes que antes lo hacía por complacer a mamá y era un dinero extra. Pero nunca deseé hacerlo con convicción y amor. Nunca creí en mis propias palabras durante los servicios pero por los momentos no hay otras oportunidades y debo comer y pagar un techo.

Me deprime aparentar querer la predicación y que no sea del todo cierto.

Gracias por tu oferta de irme a Texas. Te prometo que lo pensaré.

Con amor sincero, Alyz

IV

FUERON VARIOS

¡Desgraciado de aquel que
se interne en la espesura del bosque,
si antes no se arrodilla a los pies
del magnate que hoy impera!

EPIGRAMA DE BURN
EN UNA VISITA A INVERARY

Fueron varios   o sea que hubo uno
que otro latino pero que   los latinos pues
eran unos sinvergüenzas también   no la
miraban porque   realmente   los hombres
buscan una mujer con un cuerpo bello ¿no?
atractiva   alegre   yo siempre le decía   tú
sabes que me da pena que estos hombres   en
que tú pones la vista no aprecian la calidad de
mujer que eres   porque estamos hablando
de una mujer fina   una mujer incondicional
muy apegada   que se hubiese dedicado a
hacer feliz a un hombre increíblemente
entonces una vez tuve una idea   para

tratar de ayudarla en su problema   tenía
muchas angustias en ese tiempo   y como
seguía la soledad   le di la idea   ¿por qué
no contestamos un *ad* del *New York magasin*
social   que ahí aparece   estoy buscando
mujer   que sea asao y sancochao   de tal
edad y tal otra   y entonces pues   a ella
siempre le han gustado los hombre mayores
siempre le han gustado los hombres de edad
siempre   parece   que está buscando a su
papá   el papá ese que tuvo   pero que no
estuvo presente   como padre...   se crió
con la madre...

el papá estaba ahí   y tenía otras mujeres
y qué sé yo   tú sabes   aquí yo cogí y le
hice una carta modelo y se la mandé   se la
di   para contestar un *ad* de estos
entonces pues la carta era bien atractiva   que
cualquiera se entusiasma   y ella coge y la
envía   manda la carta y como dos o tres
hombres contestaron   durante algunas
semanas salió y conoció algunos de los
hombres   otros hombres claramente   lo
que querían   era   acostarse   con   ella
hubo uno que la persiguió   la buscaba con

insistencia   pero parece que no la quería
bien   otro fue un superintendente de escuela
se conocían en bares   en restaurantes y qué
sé yo   y ella toda muy nerviosa   mal y
angustiada   el   día   de   la   entrevista
finalmente   pues   manda   otros   anuncios
yo le dije sigue   continua comprando el
magasin que algo va a caer   ¡alguien tiene que
responder! yo le repetía   en chanza y en
serio

      tienes que construir tu red   y esperar
como las arañitas   la tarántula Alyz   y
sonreía

         ¡finalmente le contestó este hombre!...

¿Qué me pasa? Estoy tratando de hacer un contacto real con mis sentimientos. ¿Qué necesito hacer? Todo esto tiene que ver mucho con Jorge. Una parte de mí lo sabe, lo siente, pero creo que es una parte que me odia. Quiero comenzar de todos modos. En algún momento tengo que hacerlo. Detesto y odio lo que han hecho. Lo que representan. Aunque no estoy segura si es a todo lo que representan o el sistema en que están hasta las narices. Ella representa un odio especial. Cuando me ponían cosas en la boca no me importaba, no era tan malo. Tal vez no era tan malo porque uno sabía que eso era lo que se tenía que hacer, es como un trabajo mecánico que haces sin pensar. Era mi trabajo. Pero después todo cambió. Hacían lo que deseaban. Me lo ponían en la boca, a las malas me lo ponían, me sujetaban las manos y la nariz y gritaban bésalo, bésalo, no lo sueltes. No importaba que gritara o suplicara, o pidiera por la virgen, no me oían ni me hacían caso. Los insultaba, les decía groserías con la voz ronca de tanto esfuerzo. Grité y grité sin esperanzas. Pensaba que algún día lo mordería. Si lo muerdes, sabes tú qué pasa si le echas diente. Si lo muerdes te voltean y te lo penetran por detrás y eso era mucho peor porque después te lo volvían a poner en la boca todo manchado. No sé si puedo expresar todo lo que se me viene al pecho. Tú no sabes lo que es tener las piernas apartadas y atadas, sin poder moverlas, ni cerrarlas ni nada, eres nadie, eres nada, un cero, puro cero. Nadie fuera del culto sabe de verdad lo que pasa y nos hacen. Te usan y vuelven a usar. Y no quiero tener en la boca nada, pero el dolor sigue ahí. Lo toleras, pero no se va. Tengo la imagen fija de Jorge. Si no hubiera sido él no me importaría, pero es él. Tratarte como un animal que amarras del cuello, los animales son los hombres, todos son animales. El odio es lo único constante ahora.

Pienso en Jorge y lo que el culto le obligó a hacer. El sentimiento del horror te brota desde lo más profundo, no se puede explicar. La conciencia de ser mi niño, mi pequeñito, mi hijo. Mi pobre bebé, mi querubín, el niño que tanto arrullé. Nadie desea este tipo de cosas. No sé cómo pudo ser. Tengo que explicármelo. Verlo de cerca. Mi propio cuerpo, carne de mi carne, sangre de mi sangre. Todo me lo hice a mí misma. Te das cuenta. Jorge es la cosa más importante en mi vida. Duele, duele mucho. Lo único que quiero es abrazarlo y decirle que lo quiero demasiado. Mientras más obedecía al culto más daño me hacía. Estela estaba siempre ahí. Pero no hacía nada malo nunca. Ella no le ponía nada en la boca. Estoy como en negación de todo el pasado, de su memoria. Cuando me niego a recordar, es como si no existiera el pasado. Pero ahí está invisible pero presente. Yo no le hice nada cuando estaba desnudo, no me atreví, pero me obligaron a hacerle cosas peores. Soy como varias personalidades al mismo tiempo. Una me dice soy tan fuerte como tú, no temas, habla. No tienes excusas. No entiendes, es un tormento. Tienes las manos atadas, las piernas atadas, todo duele. Te bañan todo el cuerpo con melaza trasparente. Te untan completa para que el perro te lama. Te lame, lame y lame sin cansancio. Tú nunca me entenderás, pues nunca te pasará esto. Deseaba que Jorge fuera lo mejor, que hiciera lo que tuviera que hacer en la vida. Tomara sus caminos. El fue lo mejor con una navaja, estimulando a mujeres, masturbando a tipos, el mejor con la lengua. El recuerdo me engaña, se esquiva. La imaginación me funciona mejor. Lo visual me atrapa. Lo que sucedía en el culto, no sé, es difícil. No era normal. No era normal para un niño de diez años. No sé cómo disfrazarlo con las palabras adecuadas. Te usan con animales, como animal. Tienes que estimular sexualmente a los perros, excitar al animal, besarlo y masturbarlo con las manos, los pies, tu lengua. No puedes mostrar debilidad porque sucede cualquier cosa.

Querida amiga:

No digo que hagas lo mismo que yo. Esta claro que cada quien tiene que decidir por su cuenta el rumbo a tomar, ¿verdad? Bien sabes que para mí fue muy distinto desde el comienzo. Marilyn y yo decidimos nuestra relación desde el inicio fuera del close. Cuando decidimos adoptar lo pensamos con cuidado. Después surgió lo de la inseminación y también resultó excelente. Si los vieras, Gabriela tiene cinco años y José Arturo cuatro. Y como yo digo que dos madres son mejor que una ninguno de los dos extrañan lo que no han conocido, aun cuando adoran y se desviven por sus abuelos.

Te repito que no tienes por que seguir mis pasos. Reflexiona muy dentro de ti y déjate llevar por el instinto. Escríbeme y cuéntame que piensas hacer y si te podemos ayudar en algo. Se que estamos lejos pero muy cerca de tu corazón.

Tus amigas que te quieren,

Estela y Brigitte.

V

QUE SIEMPRE ANHELABA

¡Ay! Nos vimos, como se ve en sueños un fantasma engañoso,
que se mueve y agita, pero cuya boca permanece muda.
El leve murmullo que, a veces, parece escaparse de sus labios,
es completamente ininteligible.

EL JEFE DEL CLAN

el *ad* que resultó ser más efectivo   es
decir   el más atractivo a sus gustos   y yo
diría que le dio algo de esperanza sin saber
por qué   decía algo así como   "¡yo me
siento sólo!   estoy buscando una mujer
entre los tantos y tantos años   no me
importa   puede ser latina"   qué sé yo   así
es que ella manda la carta   y él contesta   se
llamaron por teléfono y la invita a cenar   a
un sitio   y tú sabes   ese día ella vino muy
encantada   porque de todos los hombres
ninguno   nadie la había tratado con una
delicadeza   con finura   llevándola a un

77

restaurante   con una suavidad   con un
verbo muy bien y muy pausado...   un
caballero   y bueno   deciden verse   el
otro fin de semana en la casa de playa   la
casa de *güiquen* de él   y claro   ella piensa
que allá   pues aquí yo tengo la oportunidad
tú sabes   este hombre me gusta   se
siguen llamando

    finalmente llega a este sitio   a esa casa y
una casa preciosa en *Long ailan*   muy bonita
a la orilla del mar   muy romántica   con
piscina yacusi y todo   donde veían el
atardecer en silencio...

    una casa como de hombre con dinero...
aparentemente   porque era la casa de fin
de semana que él y sus amigos iban   la
alquilaban de vez en cuando   ocurre que
ahí se van a la piscina y se van al yacusi y
empiezan a tener sexo   y entonces
¡fabuloso!   después el hombre volvía y la
llamaba   salían a comer y volvían otra vez
y eso   pero entonces ella empieza a decir
¡pero oye!   este hombre sabe mucho de la
Biblia   porque hemos hablado de teología

y no sé cómo   pero me parece alguien que
sabe algo de religión

que es religioso   y le digo que igual sabrá
Dios muchacha lo qué es   pero es
soltero   no es casado   un hombre mayor
supuestamente el vivía con su mamá   se
murió   y entonces pues es soltero   ¡pues
concha!   será   homosexual decía yo
pero no   no creo que sea homosexual   y
especulando y especulando   como ella tiene
una mente tan inquisitiva   por su *treinin* de
abogado   ella coge una vez y va al botiquín
de la casa de la playa y empieza a averiguar y
dice   doctor fulano de tal

en el botiquín donde se pone la medicina
en el baño   okey   doctor mengano y
no sé   ¿qué cosa más rara verdad?   ¿y
por dónde vive?   aquí en Brooklyn vive
¡oh!   sí bueno   seguimos la sospecha   y
comenzamos a desconfiar   llegamos a la
conclusión que probablemente   el tipo era
algo religioso y que tenía un doctorado   que
era un psicólogo y qué sé yo   claro
él no le había dicho nada... nunca- nunca   a
este punto   no le dijo nada el hombre   ¡ni

79

ella preguntó!   finalmente siguieron
teniendo sexo ...   hasta cierto punto
él mentía sobre su trabajo   entonces ella
a todos los hombres que le gustaban y tal
trataba de manipularlos   para tener ese
hijo que siempre anhelaba   porque el hijo
la calmaría en sus preocupaciones   la iba
a realizar como mujer y además iba a ser una
compañía   en muchas ocasiones ella pasó
unas Navidades sola en su casa   entiendes
porque nadie la invitaba ni la llamaban etc-etc
sino algunos hermanos de la iglesia   en eso
estaba cuando empezó a tener sexo

dejó de predicar   y se metió al *güelfer* okay
porque ella cree que uno tiene que estar
santo para poder predicar...   ¿y qué paso
después?...

En el hospital me torturan a preguntas. Y es doloroso recordar los detalles de los servicios del culto. Preguntas, preguntas y preguntas. Quieren saber todo de todo. ¿Cómo fuiste creada? ¿Por qué no quieres hablar más? ¿Todo lo que dices es cierto? No ocultes nada. Estás en libertad de hablar y expresarte. Debes ser honesta. Dicen que si no soy honesta no podrán ayudarme. No sé. ¿No sabes qué? Como responder. ¿Quieres un cuestionario de selección múltiple? Se burlaban. Jugaban conmigo. ¿Cuándo y cómo fue creada Diana? Fui creada cuando Brenda tenía quince años. Creo que no le. agrado para nada a la gente del hospital.

Y volvían al ataque. Mujer, nos tienes confundidos. La mayoría de las personas nos confiesan, aunque odien confesarlo, nos cuentan como nacieron. Siempre nos cuentan si nacieron por cópula anal, a través de sus dedos o lo que sea como fueron engendrados, pero nos cuentan. Nos preocupas mucho y no tenemos mucho tiempo. El tiempo cuesta un montón de dinero Diana. Cada minuto es valorado y no podemos perder el tiempo sin lograr resultados concretos. Información verídica. Deberías sentirte afortunada. ¿Por qué estás en nuestra terapia? ¿Brenda te obliga a venir? ¿Por qué quieren saber eso? ¿Es importante? ¿Por qué no lo quieres decir? Era la primera vez que iba a terapia y lo primero que querían saber es como nací. Fue como usted dice. Fue por sexo anal. Volvían a desesperarme: No tienes porque seguirnos la corriente y estar de acuerdo en todo lo que decimos porque no nos vamos a dar cuenta de eso. Se daban cuenta que era como una especie de robot humano. Un espejo. Iba a reflejar lo que me pusieran por el frente, cada palabra, cada pensamiento y gesto. No sabían si darme terapia o desecharme. Uno de ellos pensaba que mi humanidad había sido robada, hurtada por los sucesos del culto; pero que sí me podía ayudar. Pero que iba a tomar mucho tiempo y esfuerzo. Tendría que cooperar. No podía permanecer en la superficie, con otras mujeres hablando por mí desde el pecho. Tendría que ir más profundo en asuntos de vida y muerte. La parte más protegida y vulnerable. Quieren mantener el cuerpo con vida propia sin la amenaza de las otras mujeres que salen. De esto estaban seguros en el hospital. Que no fuera una amenaza para mí misma ni que las que estaban en un tercer nivel me atacaran para hacerme daño físico. Al final de cada sesión determinarían si esto podría suceder o no. Si yo podía ver con claridad dónde estaban las otras podría protegerme y sentirme segura.

Querida Asunción:

Vivo sola. Estoy sola, como siempre y como
recuerdo haber estado desde hace muchos
años. Sin embargo, esta es una ciudad muy
grande. Las gentes que vienen de México
viven en un sector, todos juntos y apartados
a la vez, en las comunidades que hablan más
español que inglés. Cada uno va por sus calles
y avenidas. Tú no cuentas con nadie más que
contigo misma. Los asiáticos, por un lado, los
judíos por otro y así otros grupos, los negros,
blancos y árabes cada cual por su rumbo.

    El otro día cuando iba en el autobús,
de regreso a mi casa, cansada y con un frío,
(que ahora llevo en los huesos y en la piel y
no me deja en paz), me puse a llorar. Pero lo
hacía con tanta tristeza y naturalidad que no
me di cuenta que lloraba hasta que una

viejecita me ofreció un pañuelo y un pancito dulce que sacó de una cartera muy grande y vieja. Acepté lo que me ofreció y sólo pude decirle *sen quio* por que no sé muchas palabras en inglés y me da miedo equivocarme o confundan lo que quiero decir.

Con relación a tu venida no creo que sea buena idea que lo hagas ahora. Dame un poco más de tiempo. Déjame resolver unos cuantos asuntos y te aviso tan pronto como pueda.

Recibe abrazos de tu amiga que te extraña y quiere.

Alyz

VI

QUE ENTONCES

Nunca es el demonio más temible
que cuando, por ocultar su pezuña,
se envuelve en una sotana
o en el manto de Calvino.

ANÓNIMO

Robóme el objeto que tanto amaba,
Que era el premio de muchos combates.

ILIADA

¿y qué pasó?   que entonces sale
embarazada   y a todo esto ya habíamos
averiguado muchas cosas sobre el amante
¡que sí!   ¡que el hombre era un sacerdote!
ella averiguando y averiguando   él era un
sacerdote   un párroco católico
     jesuita   aquí en Brooklyn   y yo
investigando encontré que estaba cerca de
aquí de mi casa

resultó que tenía una parroquia y todo muy respetado y querido   y averiguamos todo esto   ella sale en cinta   y tú sabes en ese momento la relación se estaba enfriando   él decide ir a un viaje   para Filipinas   a ver a su hermano   que es otro sacerdote   este es un hombre más o menos en los cincuenta   irlandés muy blanco irlandés ¿no?   o sea   que reunía todas las cualidades que ella quería   un hombre mayor blanco   y aparentemente era un hombre buena gente   sencillo-bueno   y sucede que decide ir a ver a su hermano a las Filipinas   a todo esto ella no quería dejar la relación   pero ya sabíamos que estaba embarazada...   el tipo no sabía que estaba preñada

al comienzo ella tenía miedo de decirle y claro   se lo ocultó   él tenía aquí otro hermano   en *long ailan*   ahí ella decide ir a verse con el hermano   pero estoy mintiendo   esto sucedió luego   porque antes de eso   cuando él regresa   ella se envalentona y le dice   te tengo una noticia ¡ah!   pero a todo esto   un poquito antes coincidencialmente a lo que está sucediendo en ella

él le escribe una carta diciéndole   ¡que no!   que no podía ser   que él no es lo que ella creía   que él era   que no era tarde   había   decidido   quitársela   de   encima   parece que ya se había cansado de tener sexo   de divertirse   *jav fan*   y entonces ¿qué pasa?   que cuando regresa   yo le dije   bueno   cuando vuelva   tú le dices que   *jis gona be a fader*   por primera vez   y cuando él viene y le dice la verdad   que está en cinta   ¡ah pero!   ¡cómo va a ser   que esto y que lo otro!   ¡que no puede ser eso!   y allí   Alyz le dice   mira   te voy a decir la verdad   él todavía no se atrevía como a decirle la verdad   y ahí entonces   ella le dice   mira   yo te voy a ayudar   porque quiero que entiendas que en la vida deseo darte un escándalo   me voy a hacer un alboroto   pero yo sé que tú eres un sacerdote   ¡lo confrontó!   y le dijo esto así y asao y es verdad   y tú sabes   al principio   él quería que ella abortara   ¡un sacerdote!   y entonces ella le dijo ¡no!   no y no porque eso era lo que ella quería

¡imagínate! pues bueno ¡has lo que tú quieras esto nunca! esto va a quedar en secreto no te voy a ser un escándalo y qué sé yo a todo esto la gente que vivía con él el tenía un amigo muy íntimo y parece que él le había hablado de todo el asunto de Alyz y lo que yo deduzco es que sus amistades creían que ésta era una hispana una mujer suelta que yo voy a tener sexo entiendes y parece que los curas tenían esa casa para eso también porque esa era una casa de fin de semana... para la putería de ellos entonces cuando ella sale en cinta los amigos íntimos de él le aconsejan que se vaya

que la deje que se olvide y en todo esto empieza el sentido de culpabilidad de él y empieza como a latigarse y darse golpes de pecho y hasta enflaqueció se sentía que no quería un hijo estaba confundido y se preguntaba ¿qué voy a ser yo en mi vida? porque todavía soy un cura y voy a morir de cura y yo quiero ser sacerdote y voy ahora a renovar mis votos otra vez

¡yo he pecado y qué sé yo! entonces se iba lejos   estaba dos o tres meses sin tocarla y volvía otra vez   ese tipo de cosas porque estamos hablando de un hombre de los cincuenta   estamos hablando de un hombre que a los cincuenta ¡sacerdote!   se encuentra con una mujer que tiene preñada ¿entiendes? y cosas   que él había quizás nunca había imaginado...   él se retiró de ella pero de vez en cuando....   nunca vivieron juntos   la llamaba   iba y volvía siempre en lo mismo   pues entonces también ella decide dar a luz   y todo esto pues él comportándose como si la cosa no fuera con él   haciendo su vida   ¡güebón! como él quería   finalmente llega el momento del alumbramiento   y él no está presente   él sabía cuando iba a dar a luz ella coge su taxi   llega al *monsaina jospital* en Manhattan y allí trata   lo mejor que puede   de dar a luz   el médico se queda dormido   a todo esto ella empieza a gritar y a gritar   y a gritar   hasta que la entienden   ¡y ya!   se le había pasado la hora al bebé...   por culpa de los médicos   tú

sabes   el monitor decía momentos antes del
alumbramiento   que el niño venía normal
le hicieron una cesárea   para hacerlo rápido
como ya se le había pasado el alumbramiento
¡pero el niño no   vino con *cerebral polsi*   el
niño   tuvo   un   gran   choque...
entonces eso fue terrible   desbastador para
esta mujer ...

Hoy es el cumpleaños de Alyz. Y no creo que esté segura, la pobre. El culto la puede encontrar cuando quiera encontrarla. Necesito alejar a Alyz de todo daño. El abuso de palabras era a veces mucho peor que el físico. Estoy seguro que quieren a Alyz, quieren carne fresca. La harán firmar el libro de la alianza al culto. Sería su entrada oficial. Hay voces que me advierten cosas malas, que puede ser abusada. Se convertirá en la que recluta a otros. Debo llevarme a Alyz a otra ciudad, lejos de aquí. Trato de relajarme, de permanecer tranquila. Los doctores pensaban que ni Brenda ni Carol eran seguras para tratar con las niñas. Me confundo. Las respuestas que me doy no parecen ser las más adecuadas ni las más seguras para Alyz.

Muchas interrogantes y cuestiones en el bienestar de Alyz. Igual el culto irá donde sea, saben todo, lo ven todo, y lo más importante lo oyen todo. Pero necesito preguntarme de nuevo, es muy importante que Alyz no corra peligros ni un solo minuto siquiera. ¿Qué puedo hacer? ¿Qué voy a hacer? ¿Qué necesito hacer? No confío en nadie. Aquí en el hospital podría estar segura, yo confío en ustedes. Sigo un poco confundida. Hago preguntas pero no tengo respuestas. Ustedes preguntan también pero no sé si les gustan lo que respondo, no tiene sentido, verdad. Yo no quiero a Alyz en el hospital hospitalizada, ¿me entienden? Yo me entiendo y al mismo tiempo no me entiendo. No sé y sí sé a la vez. Ella no necesita terapia o cosas parecidas. Solo hay que evitar que sea iniciada en el culto esta noche. Ellos quieren cuanto antes alguien que les ayude a reclutar nuevos integrantes. Ellos la quieren domesticar, amansar para sus caprichos y exigencias. Perdonen si los confundo. Carol también piensa que aquí es lo más seguro para todos. Es importante que nos aclaremos las ideas.

Hasta ahora no lo habíamos hecho, pero creo que ha llegado el momento de aclarar al máximo lo que sea necesario. Carol debería estar segura también. Alguien debe de ir de inmediato a buscar a Alyz y traerla al hospital, es lo mejor. El monstruo acecha donde quiera, pero aquí, por los momentos, estamos seguros. Al que llaman BB no tiene nexos con el culto. El podría traer Alyz al hospital. Aunque no confío en nadie, él podría traerla. El no está envuelto en lo del culto. No sé donde trabaja, pero tiene un teléfono. El recoge a Alyz en la escuela a las tres. Ahora son las dos, tenemos tiempo de llamarlo para que la traiga. Ella tiene apenas trece añitos. La familia debe permanecer junta, cueste lo que cueste. Sé que a ustedes les cuesta entenderme, a veces no tengo un sentido claro y doy poca información. Es una cuestión de conservar energías. Después que Alyz este aquí, puedo hacer bajar a Brenda de nuevo que es la que sabe todo sobre el culto y con la que más les interesa hablar a ustedes. A las seis de esta tarde estará aquí.

Apuntes para un sermón de cuaresma

Queridos hermanos y hermanas:

¿Qué celebramos hoy? ¿De qué les quiero hablar? Amados hermanos y hermanas en la fe, hoy les quiero hablar de la esperanza y las razones que llevamos dentro para alimentarla y permanezca en nuestros corazones.

Hace poco leí un artículo de prensa muy pequeño, casi sin importancia, sobre lo que le sucedió a un hombre sencillo hace apenas unas cuantas semanas. El escrito decía que, por accidente, este hombre, humilde empleado de un matadero de carne de res, se quedó encerrado, a última hora de la tarde, dentro de una de las neveras de la empresa. No intentó llamar a nadie por que sabía que él era el ultimo en salir. No había nadie por las calles desiertas a esas horas. Era inútil gritar. Nadie lo oiría. A la mañana siguiente, cuando abrieron la nevera, encontraron al pobre empleado muerto.

Yo me imaginé al hombre asustado, con una inmensa desesperación diciéndose, "siento frío, mucho frío. No siento los dedos de mis pies. Las manos me tiemblan y tengo sueño, mucho sueño. No quiero dormir, pero ya no puedo resistir. No hay oxígeno y no puedo respirar bien. Me siento mareado... cada vez siento más sueño y frío..."

Las autoridades que investigaron el caso no se explican cómo y porqué el hombre murió. Y es que estas neveras tienen una temperatura, humedad y entrada de aire, para impedir que alguien pueda morir adentro aún cuando transcurran siete días. Pero aún así el hombre murió, sólo en unas cuantas horas. De la noche a la mañana.

Y yo les pregunto, hermanos y hermanas en Cristo, ¿es justo que pasen estas cosas? ¿Qué pensamos cuando creemos que nadie nos oye y nadie puede acudir en nuestro auxilio? ¿Qué deberíamos hacer cuando nos sentimos desesperados y nadie nos hace caso? ¡Gritamos y gritamos, pero nadie acude! Algunos de ustedes dirán que quizás es que perdamos la poca fe que guardamos. ¿Por qué debemos tener esperanzas? ¿Quién nos la debe inspirar? ¿Cómo podremos proceder para no decaer?

(¡Dios mío dame ideas y fuerza de espíritu para concluir!)

VII

SI LE HACE UN SEGUNDO

*El diablo se alboroza de júbilo cuando
el engañador resulta engañado.*

EL VIAJE POR MAR

*Fue él quien dio calor a la injuria,
la cual se revolvió como el cohete
mal encendido que va a herir el
pecho de quien le aplicó el fuego.*

LA LINDA MOZA DE LA POSADA

¡Hay una demanda!   entonces   a
todo esto encontramos a esta mujer
    desesperada   sola   con coraje   con el
hospital   con el hombre   con Dios y con
todo el mundo   porque él nunca le dio
atención   no estuvo con ella ahí
pendiente   ella   regresó sola   entonces
el niño estuvo como dos meses en el hospital
con convulsiones con esto con lo otro   ella
no quería hablar del asunto

a mí no me habló   pero yo empecé a
deducir que algo estaba mal   fuera del
hospital no me contó nada de cómo fue el
parto ni cómo estaba el niño ...   nada de
nada   no quería hablar del asunto porque
para ella...   no se puede ni contar lo que fue
y yo decía   ¡caramba!   algo esta mal aquí

     ella lloró y sufrió mucho durante ese
tiempo   estuvo sola   el cura no le dio cara
al asunto   no quería ver al niño   tuvo como
dos meses sin verlo

     sin   tener   los   pantalones   para
enfrentarse a la situación   finalmente   al
tiempo fue que me enteré   que el niño tenía
cerebral polsi   tú sabes que eso es
una cosa terrible   desbastador para esta
mujer   la tierra se le vino encima   Dios
mío   como ahora   yo sola   con un niño
entiendes   y lo que yo más quería   ¡no es
un niño normal!   ¡no es niño que yo voy a
tener!   un puro llanto   y dolor fuerte
¡cómo es posible! después sí me contó todo
que no sabía lo que pensaba   cuando veía al
bebe   envuelto en cables y aparatos   tan

chiquito y temblando   como un animalito
con frío

    con dolor y rabia   no se conformaba
y decide   manipular   volver al cura otra
vez   para ver si le hace un segundo hijo
y le dice que ella está operada   que ella está
ligada   que no se apure   tú sabes   como
le hicieron una cesárea   esto pues   la
operaron   ¿entiendes?   entonces ella sigue
seduciendo al hombre hasta que   prun
¡cae!   porque él ya tenía sentido de
culpabilidad

       finalmente decide ver al niño   tatatá
bregar con el asunto   ahí entre ambivalente
bien ambivalente   con mucha carga   y
entonces va   sigue ella manipulando
hasta que sale en cinta   por segunda vez   y
ahí pues ella se asegura que va a tener los
mejores doctores   un médico privado

    tratamiento prenatal de primera etc-etc
y ella pues sigue también con sentido de
culpabilidad

    como con remordimientos   finalmente
va a dar su luz   a todo esto los niños
no tienen apellido

es decir no tienen el de él   por los miedos
que tenía que se averiguara y tatatá   y todo
en secreto

el se sintió engañado   en muchas
ocasiones él se lo ha reclamado   pues
que ella lo engañó   que fue como una
traición   una mentira   bueno

¡él es un viejo de cincuentitantos años!
¡que se deje de zanganería!   le dije yo
porque si ella lo engañó   él es un mentiroso
crónico   porque a todo esto ella siempre
se quejaba de las mentiras que él metía y tatatá
y una vez se fue por allá con unas putas
por allá   por las Filipinas   ella le cogió un
retrato encima y qué sé yo y qué sé cuanto y
otra   vez   vuelta   a   pelear
supuestamente hay una tal hija de él   que
él adoptó   una hija adoptiva que está en
Inglaterra   es padrastro   y nunca
quiso decir esto a nadie   no quería que
se supiera   tuvo miedo que lo supiera el
obispo   ¡miedo-miedo!   ¿pero qué pasa?
eso   el *malpractis* demandaba   la falla
médica demandaba que la verdad se supiera
ella tenía que demandar   entonces eso obliga

a que la cosa y el escándalo salga a la   luz
porque a todo esto   pues un abogado   que
le consiguió él   a través de la iglesia católica
la cuestión es que la cosa   ella tuvo que
decir la identidad del padre   porque hasta ese
tiempo ella decía que era un mexicano que
vivía en México   que se había ido para
Chihuahua   y era un campesino

entonces cuando se sabe la verdad
pues   ¿cómo se iba a arreglar el bululú ese de
la mentira?   porque entonces al padre   él
al cura   le cobraban   por los años de
manutención   por el dinero que puso el
güelfer   pero como la iglesia católica lo
arregla todo   que-cons-te   intervino como
ente oficial   todo eso lo arregló la iglesia
católica   y lo amapullaron a través del
obispo   quien fue que tomó la última
decisión sobre el caso...

Mi padre me trajo aquí. Los doctores le dijeron que aquí estaría segura. Mi madre y mi hermana estaban en el culto y mi padre pensó que yo podría hacer lo mismo; por eso me trajo. Es extraño. A veces tengo miedo. Miedo de solo pensar de estar en el culto. En verdad no creen en Dios y tienen sus sacrificios raros. Pienso en la escuela y en mis clases, me gusta mi escuela y los maestros. Pienso en cosas buenas para no pensar en cosas malas. Las cosas buenas me ayudan. Me hacen sentir bien. Cuando pienso en cosas malas pienso en mi madre y mi hermana asistiendo al culto. Eso es verdad y quisiera que no fuera verdad. Si fuera una mentira estaríamos contentas, seríamos felices. Pero es mejor saber la verdad, así se puede hacer algo, verdad, cualquier cosa, pero algo. ¿No te parece? Trataría de ayudar, de colaborar. Con Carol pude ayudar un tanto. La acompañaba al hospital y al final comenzó a hablar un poco. Se ponía contenta, alegre y pedía comida. Los doctores aseguran que el oír voces dentro de ti no significa que estés trastornada. No necesariamente. No querían usar la palabra loca. Mi madre oía voces dentro de ella siempre y no estaba loca. Y Carol también las oye. Yo quería hablar con las voces que están dentro de ellas pero me daba miedo preguntarles. Las voces las ayudaban en situaciones difíciles. Sabían qué hacer si están presentes. Las voces son como partes de ti pero separadas. A veces alguna puede salir y hacerte daño. Mi madre y mi hermana tenían cuidado de ellas. Las podían meter en problemas al hablar de cosas secretas. Tiene secretos. Pero también hay voces que te hacen reír y divertirte. Tú tratas de no reírte ni sonreír pero no puedes resistir y te vienen solas a la cara y te pones a sonreír.

Don Nemesio:

Ante todo saludos y bendiciones a Doña Lupe y a todos los muchachos, que el Señor los bendiga y guíe por el camino del bien.

Don Nemesio, lo molesto porque sé que usted es faculto y ha sanado a mucha gente. Necesito su ayuda, que me mande algo fuerte. Con Martirio le adjunto las aguas de mi hijo mayor, van en una botella de cocacola.

Los médicos dicen que Alejandro nació con parálisis del cerebro por no tener bastante oxígeno durante el parto. Pero si usted lo viera, mientras duerme, no se le mira nada extraño. Cada dos o tres horas sufre de ataques de convulsión. Su temperatura varía mucho. Y usted sabe, es como un bebe, a cada momento hay que cambiarlo. No puede mover las piernas ni los músculos de la cadera.

Algunos doctores me dicen que en cinco o diez años Alejandro podrá sostener la cabeza y mirar fijo por un rato. No va a hablar pronto porque el oído también se le afectó. Pero se ríe mucho, pero muchísimo y muy bonito. Yo sólo le pido a Dios tiempo para cuidarlo y no dejarlo abandonado en la vida.

Martirio regresa en quince días y le ruego de corazón que estudie el caso y envíe algo fuerte, lo mejor que tenga.

Me despido con un abrazo para usted y los suyos.

Besos.   Alyz Zapata

VIII

QUE ESTE NO ERA EL ÚNICO

en ese proceso   tú sabes que los
curas no tienen un buen sueldo   pues
¿cómo era que ellos se iban a mantener?   el
abogado seguía en la lucha pero se indignó
mucho   al saber que el cura era el papá de
estos niños y qué sé yo   no había querido
darle el apellido   esto hizo rabiar más al
abogado   en ese tiempo   y bueno   quería
presionarlo para que le diera el apellido   y
sucede que a la misma vez también   el

abogado averigua que la iglesia católica tiene
un fondo   para este tipo de caso y entonces
llamaron   y   ella   no   calificaba   pero
averiguamos   de ahí se supo   a través de
este abogado   que sí   que hay un fondo
que este no era el único caso   de sacerdotes
con hijos   a estas alturas las amistades de él
le aconsejaban que se fuera   parece mentira
pero él es como un niño viejo   porque
todo se lo dice a Alyz   y la relación entre
ellos ha sido de mucha pelea   de mucho
coraje   de mucho conflicto   por los
sentidos de culpabilidad   y en todo esto
él no ha querido seguir los consejos de sus
amigos   y ni siquiera del obispo que lo quiere
trasladar   él ha querido permanecer aquí
él ama ahora a sus hijos   los va a ver
constantemente y juega con ellos   se ocupa
un poco de ellos   ¿entiendes?... el que está
enfermo ha estado en entrenamiento   no
camina   tiene cuatro años   ya puede
sostener un poquito la cabeza   tiene menos
cables y aparatos etc-etc   para el otro
yo estuve presente   en el alumbramiento

como era cesárea   para no coger riesgo
desde temprano me instalé en el hospital   yo
fui el primero que vio a ese bebé   y es bien
y es normal   hasta la fecha   el niñito   el
más pequeño   tiene dos años y este tiene
cuatro   y entonces   la relación nunca ha
sido de lo mejor   siempre pelean   en una
ocasión estuvo peleando   él no le daba
prioridad a los hijos   ni a ella   la
cogían unas rabietas tremendas   ¡que si no
tengo dinero para una cuna!   ¡no estoy para
esos lujos!   pero después salía   se perdía
en sus vacaciones para Inglaterra   siempre
con sus vuelos y temporadas de placer   con
sus amigos   entonces ella lo amenazaba   se
lo voy a decir a tu hermano   se lo voy a
contar todo   ella lo amenazaba   finalmente
un día de coraje se decidió   llama al
hermano   y le dice quien es ella y que él tiene
un hijo en ella y una relación de tiempo   y le
dice todo-todo   y ¿cuál fue la reacción del
hermano?   que ahí mismo le dijo   "pues
mira mija   ¡tú eres la puta!   *¡iu ar de bich!*
¡porque tú lo provocaste tú!   ¡y tú eres lo
peor!   ¡las hispanas todas son iguales!

¡todas son unas putas!   ella creía que iba
tener de aliado al hermano   pero jamás tuvo
de aliado a ese hombre   nunca ha querido
conocer a sus sobrinos y bueno   él dice que
es ella quien lo ha engañado   entonces
tampoco ha tenido nunca una relación buena
con ese hermano mayor   con el jesuita
más o menos   lo sabe y entiende pues un
poco... son tres varones   el enemigo de Alyz
que vive en *long ailan*   y el otro que es
religioso   vive en las Filipinas y ninguno
la apoyó   con el tiempo el obispo le
aconsejó   que se fuera de capellán y dejara la
parroquia   y la mujer obviamente
porque ve la cuestión color de hormiga   ya
la cosa entonces se supo y así es como él deja
la parroquia   y se va de capellán   a un
hospital de veteranos... tú sabes capellán es
que atiende por ejemplo   como tiene una
maestría en sicología   le ofrece servicios a
grupos de terapia con alcohólicos etc-etc
una vez le pregunté si tenía un doctorado y
me dijo que no   lo que tenía era una
maestría.   puede que tenga un doctorado
en divinidad   desde el comienzo trabajaba

118

como capellán   y a todo esto pues él
siempre luchando   con que toda la vida
va a ser cura y qué sé yo   ella ha entendido
que él sí   es como un nene grande   si
tú le llevas la contraria   él siempre está a lo
opuesto   es como no querer dar la razón y
claro   viene el enfrentamiento ¿no?   si
Alyz dice pues sí   todo está bien   entonces
se calla   siempre ha habido mucha pelea
discusión   en primer lugar ella es más rápida
que él   más mental y racional   ella
es muy brillante   bien ágil   además que
tiene un entrenamiento de criminalista
porque eso era lo que ella quería ¿entiendes?
o sea que cuando hay   un argumento   ella
brega muy bien   y él entonces reconoce su
inteligencia   *iu ar very fast an iu ar veri esmart*
pero él insistía en volver atrás   con
sus frustraciones   "tú me engañaste   tú
esto   tú lo otro"   una reclamadera constante

IX

QUE ELLA NUNCA TUVO

Habéis usurpado todos mis dominios;
talado mis bosques; truncado mis armas;
no me queda nada para acreditar mi rango;
no me habéis dejado sino el honor y mi sangre.

RICARDO II
SHAKESPEARE

son tres millones   pero son para
el niño   y el abogado está en la polémica
algo también le toca a ella   ¡si la cuestión se
resuelve!   ahora es cuando tienen que pelear
a ella también le corresponde alguito   por su
sufrimiento   por lo físico   más al niño
claro sí   a ella le toca poco   creo que
doscientos mil dólares   y al niño los tres
millones   pero piensan que es poco   el
abogado dice que es nada   tres millones para
el niño....   eso va a una cuenta bancaria
a través de la corte   para las cosas que el niño

necesite   por ejemplo una casa mejor   un
tratamiento de por vida   una escuela
especial   servicios...   claro que a través
del niño ella puede usar ese dinero   para el
cuidado   pero si el niño muere   la cosa
se pone fea   no tiene oportunidad de los tres
millones   a todo esto el abogado quiere   le
aconsejó que era poco   que siguiera la cosa
sin desmayar   que peleara   pero seguir la
cosa quiere decir dos o tres años más   y el
niño   con   el   sistema   inmunológico   tan
endeble que tiene   puede ser que se
muera   y si muere no le toca nada   nada
más la parte de ella que son doscientos mil
dólares   entonces la situación está así   él
viene y va   una vez trataron de vivir juntos
y él manipuló por una cosa   porque parece
que se quería ir para otro lado   y desde ese
entonces no viven juntos   hacen ya como
seis u ocho meses que no la toca ...   estamos
hablando de un proceso de los setenta al
noventa y uno   el de ella   pero el de él es
como seis años atrás   es decir el proceso
de esta relación   una vez   estando de
buen humor   le dijo que sí   que se va

a casar con ella   él debe andar ahora como
en sus cincuenta y nueve o sesenta   y quizás
por eso   se siente sin esperanzas   solo

Puedo liberal los múltiples sentimientos acumulados en los dedos de la mano derecha y desplazarlos hacia la muñeca. De esta manera me desentiendo de lo hacen mis dedos o como se mueven. Los médicos quieren que repita esto. Ya sé cómo hacerlo a voluntad. De los nudillos de los dedos paso poco a poco subiendo a las muñecas y continuo subiendo. Pero es sólo temporalmente que puedo hacer esto. Cuando termino puedo regresar por el mismo camino. Por ahora quieren que suba hasta los brazos y abandone totalmente las manos. Quieren que levante mis dedos sin sentimientos ni demonios. Cero sensaciones en las manos. Quieren que mis dedos expresen sí o no con libertad, ligeros y cómodos. Las manos ahora son independientes de cada una, sin problemas serios y dicen la verdad, pero no sin algunas reticencias. Les agrada que admita todos estos detalles. Quieren que ahora pase de los dedos de nuevo, hasta el antebrazo, pase el codo, cruce todo un hombro hasta el cuello, baje de nuevo por el otro hombro y haga el camino completo del codo y el antebrazo hasta la otra muñeca, hasta la mano y finalmente los dedos. Después que hago esto a los médicos les parece seguro hablar de nuevo con mis dedos. Les parece maravilloso este logro y sonríen. Es grandioso. Se preguntan si todas las que están dentro en lo profundo de mi los oyen y si se los puedo dejar saber. Que ninguna guarde el secreto a las otras. Todas están en el hospital. Cada vez que alguien queda herido, sea por culpa del culto o no, de alguna manera se le transmite un mensaje que no es expresado, que se mantiene en secreto. No hay amenazas pero se mantiene en secreto de todas formas. Algunas de las que están adentro se sorprenden de esto. Me preguntan si acaso no estamos amenazadas de decir que estamos amenazadas. ¿Me explico? Debemos ocultar las amenazas. Esto tal vez impediría que los dedos trabajaran apropiadamente. Saben que no tengo culpa si esto sucede. Por semanas Alyz no estuvo protegida. Me pregunto si hay partes de mí que se preocupó por eso. Pero no volverá a pasar porque todo es diferente ahora, con ustedes y el hospital que protege. Es difícil de saber y confiar. Los dedos pueden hacer mover muchas cosas, además de decir sí o no.

Alyz, *darling*:

Yo quiero no ser daño. Tú debes hacer fuerte. Yo no quiero mismo que tú. Pero quiero no mas dormir juntos. Yo deseo no acostar mas. Yo no puedo casar ahora. No es bien juntos tú y yo otra vez. Siento vacío cuando hablamos. Tu cultura y mía no es misma. Mucha pelea, mucha fuerte y yo suave, es mi manera. Pienso nunca fue bueno. Tu tienes tipo que no es mío. Yo necesito y quiero otro tipo, diferente y pienso tu también Alyz. Yo ahora viajo *London*. Vieja novia fue monja y yo, vamos obtener matrimonio próximo verano. Ella tiene tipo mío. Esto es mejor para todos. Gracias Sincerely,

Tu amigo. *May God bless you.*

Me preguntan si Alyz puede ver todo. Sí, a veces puede ver todo. Ella se viste de rojo y cosas rosadas o en tonos pasteles. ¿Lleva lentes? Sí, los lleva. Algunas de adentro se alegran cuando Alicia está presente. Otras no. No quieren que ella salga o hable. Se sienten incomodas. Se ocupan de sus propios intereses y no se inmiscuyen en nada más. Para mí es obvio. Para ellas es un honor tener una terapia con los médicos. A Alyz le gusta decir hola, ser amable. Ya no tienen que darme choques eléctricos que me tumban de la silla si no me toman de los brazos. Los dedos dicen sí, dicen no, sin avisar. Sin saber a qué responden. Asumen una responsabilidad que no les corresponde. Los dedos observan desde distintos ángulos. Hay partes que pueden salir, estar presente y hablar si se sienten en confianza no les molesta la situación. En vez de hablar pueden escribir. Antes lo escribían y colocaban en un sobre de correo. Pero nadie puede traicionarlos y compartir lo escrito con nadie. Debe ser secreto. Ni una palabra a nadie hasta que Alyz así lo decida, cuando esté lista para compartir. Hay una parte que es muy seria y que siempre sonríe y permanece vulnerable. Los dedos necesitan estar vigilantes, revisar de manera muy, pero muy atenta, para determinar que habrá algún tipo de ayuda y colaborar. Algunas partes son muy jóvenes, apenas niños y niñas grandes. Corren, se divierten, juegan a las escondidas. En ningún momento deben ser castigados. Cero reprimendas. Deben observar paz y tranquilidad alrededor de ellos. Tienen que sentirse listos para salir y conversar. Tiene libre elección. Nadie los obliga. Ello puede hacer la diferencia en la terapia y escuchar además de oír. Tengo una mescolanza gigante de sentimientos y emociones. Las partes en mí también tienen una confusión tremenda. Esto también confundía a los médicos.

Siempre es mejor escribir que hablar. Escribir las necesidades. La escritura a veces incluye dibujos y trazos. Así, los sentimientos se instalan de en los dedos, sobre todo en las puntas de los dedos. Los dedos tienen mucho talento y les gustan la hipnosis de los médicos. Es fantástico. Tengo dos cadenas. Siempre las llevo conmigo. Una de las cadenas es de mi madre y la otra es de una amiga. Mi madre recibió la cadena por ser muy buena vendedora de Avon. Fue la empleada del año y le dieron la cadena. Mi amiga me dio la otra cadena hace mucho tiempo. Tiene la forma de la letra ESE en mayúscula, pero no sé por qué. Nunca le pregunté el por qué de la letra ese. La cadena de mi madre es lo único que tengo de ella. Tengo también este brazalete de colores. Me lo dio una amiga en unas navidades. Una amiga distinta. ¿Están confundidos? A los médicos les interesaba sobre todo mi diario y las ideas e historias que he escrito en sus páginas. Mi padre ha venido solo una vez a visitarme. A veces nada es mucho mejor que algo.

Lo mejor de todo es ya no hay mas perros ni gente del culto alrededor. Nunca más un perro. Pobres animales.

X

CON UN LÁTIGO

No puedo negar que, al tender la vista por el horrible país
que le rodeaba, y no ver sino campos estériles, árboles secos y
desnudos, rocas eminentes cubiertas por espesas brumas, y
llanuras
inundadas, sintió que la melancolía le dominaba, y hubiera
deseado
encontrarse tranquilo en su hogar.

VIAJE
WILL MARVEL

Ya ni muros poseemos,
Ni techo que nos guarde.
Ni esposa amante ya tenemos,
Que nuestra vuelta aguarde.
En un oscuro antro moramos;
Día de noche hacemos.
¡Arriba, pues! ¡De ella
hagamos el uso que debemos!

JOANNA BAILLIE

ella tendrá como treinta y nueve o
cuarenta   a estas alturas   los niños llevan

el apellido de ella   porque él nunca
ha querido enfrentar esta parte   nunca
han vivido juntos más que por un tiempo...
todavía soy su confidente   ella me cuenta
todo   casi a diario   nosotros hablamos
por teléfono

     nunca nos vemos   pero siempre
conversamos horas de horas   a todas estas
ella considera   que soy su hermano   que
soy el hermano que nunca tuvo   y entonces
ya casi no va a la iglesia   pero ve y oye los
programas de radio   los programas de
televisión   tú sabes   los servicios y los
sermones por la radio y la televisión de *family
redio*   tú te confiesas y hasta comulgas por
televisión con perdón incluido   un tiempo
atrás   fíjate tú   ella vino de México   con
un látigo   ¿entiendes? ahora es más flexible
está más dispuesta a aceptar a la gente como
es   la diversidad   las lesbianas   los
homosexuales   antes vivía criticándome
ahora ni me lo menciona   porque ella dice
que no está igual

          es más misericordiosa   la misma
soledad la ha enseñado   al final   aunque

138

nadie lo crea   ella lo quiere   ella ama
a este hombre   lo adora sí   se ha
enamorado   lo quiere mucho   a pesar de
todo   ella es *moder taip*...   aparentemente
no ha tenido otras mujeres después de ella
y obviamente yo creo que no   con una sola
ya tiene bastante problemas   y con esa más
todavía   porque tú sabes   él tiene que
asumir ciertas responsabilidades   ir al
abogado   dar el frente a muchas cosas
pararse ante un juez   el obispo...

hasta hace unos días no sabía en
verdad como andaba todo el barullo   ha
pasado un año   y justo hace tres días fíjate
tú   recibí esta cartica por cierto sin fecha
déjame leértela...   "Mi amigo y hermano
Hector, Dios te bendiga.

Poco tengo que decirte. No he muerto.
Por fortuna mantengo las T4 altas. Después
de la muerte de Alejandro no supe más de
Mackinly. Me vi necesitada y tuve que
regresar. Eduardo está grandote, deberías
verlo. Por lo demás, estoy viviendo. Hasta
nuevo aviso, ojalá tenga tiempo y fuerzas para
escribirte

luego-luego.

Los cielos te premien, Alyz.

Chiapas, México".

P.D. Gracias por los consejos legales. El proceso está por resolverse. Por lo menos esas cosas tienen un final y falta poco para que todo esto termine. Al menos así lo siento.

       eso es todo   te cuento el revoltillo
completo por preguntón   ya sabes
a qué funeral voy   a Mackinly lo velan
aquí mismito   como a tres cuadras   en
la casa velatoria de la iglesia   *San Martin*
funeral jom

       no te puedo invitar porque no es una
fiesta   pero estas bienvenido   así
le conoces la cara al protagonista   claro
la cara muerta   aunque creo que siempre
tuvo cara de muerto   jipato   pálido   y triste
al final ni se casó ni nada   ya ves
murió solito   como vivió   todo lo que
le dijo a Alyz en una carta   cuando ya no
quiso nada más   una carta de abandono
fue pura mentira y ficción de él   quién
sabe   a veces pienso que se lo creía

entusiásmate y ven   quizás te sirva de
algo   vamos y le rezamos   a ver si así
descansa...

por cierto durante el camino quiero
leerte el recorte de prensa sobre su deceso
lo ponen como un santo varón.

* * *

ACERCA DEL AUTOR

Jesús Bottaro (Caracas, Venezuela). Recibió un doctorado en literatura hispanoamericana del Graduate Center de The City University of New York y una Maestría de Brooklyn College (CUNY). Desde 1995 reside en Nueva York donde se deshace y reconstruye como escritor y profesor en The City University of New York (CUNY).

Es editor fundador de *Hybrido* (1997), la revista de más larga trayectoria en los Estados Unidos, dedicada a la literatura y cultura hispana. Ha publicado ensayos, poesía y narrativa en antologías y revistas literarias en inglés y español. Es reseñista académico de la revista de la American Library Association para desde el 2004. Ha participado en congresos, ferias del libro y festivales de poesía en Venezuela, Colombia, Ecuador, Estados Unidos, España y Costa Rica.

Publicaciones: *El rompecabezas de la isla Esmeralda*, *El de cumpleaños de Luisa*, *Nieve en la granja* (Cuento: Pearson Education, Scott

145

Foreman, 2000); *El teatro político en Venezuela* (Ensayo, Mellen Press, 2008); *Los manuscritos del Silencio* (Novela, Artepoética Press, 2014).

Alyz en New York Land (2022) inicia la colección de narrativa de Nueva York Poetry Press en homenaje a la escritora Argentina Beatriz Guido: Colección Incendiario. Su poemario *Palabrero* (2023) se publicará bajo este sello editorial en la Colección Víspera del sueño de poesía hispanounidense.

ÍNDICE

Alyz en New York Land

NARRATIVA

Colección
INCENDIARIO
(Homenaje a Beatriz Guido)

1
Alyz en New York Land
Novela
Jesús Bottaro

2
Historia de una imaginación memorable
Novela
Andrés Felipe López López

OTROS DISCURSOS

Colección
REENCUENTRO
(Homenaje a Elena Garro)

POESÍA
COLECCIONES

PREMIO INTERNACIONAL DE POESÍA NUEVA YORK POETRY PRESS

CUARTEL
Premios de poesía
(Homenaje a Clemencia Tariffa)

VIVO FUEGO
Poesía esencial
(Homenaje a Concha Urquiza)

PIEDRA DE LA LOCURA
Antologías personales
(Homenaje a Alejandra Pizarnik)

MUSEO SALVAJE
Poesía latinoamericana
(Homenaje a Olga Orozco)

PARED CONTIGUA
Poesía española
(Homenaje a María Victoria Atencia)

CRUZANDO EL AGUA
Poesía traducida al español
(Homenaje a Sylvia Plath)

TRÁNSITO DE FUEGO
Poesía centroamericana y mexicana
(Homenaje a Eunice Odio)

VÍSPERA DEL SUEÑO
Poesía hispanounidense
(Homenaje a Aida Cartagena Portalatín)

MUNDO DEL REVÉS
Poesía infantil
(Homenaje a María Elena Walsh)

LABIOS EN LLAMAS
Poesía emergente
(Homenaje a Lydia Dávila)

MEMORIA DE LA FIEBRE
Poesía feminista
(Homenaje a Carilda Oliver Labra)

VEINTE SURCOS
Antologías colectivas
(Homenaje a Julia de Burgos)

Para los que piensan como Carl Lewis
que "la imaginación es la única arma en
la guerra contra la realidad" este libro
se terminó de imprimir en el mes de
septiembre de 2022 en los Estados
Unidos de América.